LE

SOURD-MUET

LILLE.
L. LEFORT,
Imprimeurs-Libraires.

PARIS.
A. LECLÈRE ET C.,

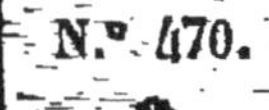

N.° 470.

LE SOURD-MUET

Litho. de F. Robaut à Douai.

Il cueillit quelques fleurs qu'il présenta à son guide.

LE
SOURD-MUET

NOUVELLE.

LILLE

L. LEFORT, IMPRIMEUR – LIBRAIRE.

1850.

LE

SOURD-MUET.

I

Les visites du Curé.

M. Évrard, nommé récemment à la cure
du petit village d'Aulnes, en Picardie,
se disposait, par une belle après-dînée
de juin, à commencer les visites de charité et de politesse qu'il voulait faire à
ses paroissiens. Il prit son bréviaire, et

quitta l'humble presbytère, dont les murs blancs étaient presque entièrement cachés sous les rameaux d'une belle vigne, et alla, avant tout, saluer le Roi du ciel, toujours présent dans les tabernacles, ami fidèle, tant oublié, tant négligé par les ingrats, au milieu desquels il daigne habiter. Le jeune prêtre, seul dans l'église silencieuse, pria assez longtemps : serviteur, il demandait les ordres de son maître ; fils soumis, il implorait la bénédiction de son père ; ami fervent, il se confiait à l'objet de son amour. N'était-ce pas d'ailleurs pour la gloire de ce Dieu caché qu'il était venu au fond de ce village, parmi cette population, qu'on disait indifférente, sinon hostile à la religion ? N'était-ce pas pour lui, et pour lui seulement, que, prosterné sur le pavé du sanctuaire, il avait offert toute sa vie en dévouement pour ses frères ? Fortifié par ces pensées, il se releva, sortit de l'église et alla d'abord visiter un pauvre malade qu'on lui avait désigné. C'était encore visiter Jésus. Après avoir frappé à la porte de quelques autres chaumières, après avoir laissé ici un conseil, là une parole d'espoir, plus loin une aumône, il se dirigea vers le château, où demeurait d'ordinaire la famille Darblay ; mais les grilles étaient fermées : les maîtres du logis étaient en voyage. M. Evrard prit un petit sentier, qui suivait le cours d'une jolie rivière bordée de saules, et il arriva enfin à une métairie de modeste apparence. Un petit garçon, de sept à huit ans, jouait près d'une grande mare, où barbotait une couvée de canards ; le curé s'approcha de lui, et lui frappant sur l'épaule, il lui dit doucement :

« Mon ami, ta mère est-elle à la maison ? »

Mais l'enfant le regarda fixément sans lui répondre et se remit à jouer. Le curé réitéra en vain sa question, et de guerre lasse, il se dirigea seul vers la maison. Il y trouva une femme, jeune encore, qui le reçut assez bien. Après les premières questions, M. Evrard lui dit :

» Est-il à vous, cet enfant qui joue près de la mare ?

» — Hélas ! oui, Monsieur.

» — Comment, hélas !.... Mais vous n'avez pas à vous plaindre : c'est un fort beau garçon.

» — Je ne sais s'il est beau ou vilain ; mais il est plus méchant qu'un âne rouge, et il ne parle non plus qu'une tanche.

» — Comment, il ne parle pas ?

» — C'est comme je vous le dis, Monsieur. Depuis qu'il est au monde, il n'a pas dit une parole.

» — Grand Dieu ! Sourd-muet !

» — Oui, Monsieur, et méchant ! Qu'est-ce que je vous disais ! Le voilà qui tord le cou à un de mes canetons ! Ah ! garnement !.... »

La fermière s'élança hors de la maison, et maltraita rudement le petit garçon, qui tenait encore en main le corps de délit. Pendant ce débat, M. Evrard fut frappé à la fois de la physionomie dure de la mère et de la figure sauvage de l'enfant, qui annonçait une colère d'autant plus violente, qu'elle n'avait aucun moyen de s'exhaler au-dehors, sinon par des cris gutturaux et inarticulés. Il se souvint de ce qu'on lui avait dit, plus d'une fois, des passions indomptées qui dévorent les sourds-muets, et de ces instincts cruels et bru-

taux que l'éducation , et l'éducation chrétienne seule parvient à adoucir. Une grande
compassion lui saisit le cœur, en voyant
ce pauvre être déshérité , en pensant qu'il
y avait là une âme qu'aucune lumière
n'avait éclairée, une âme ignorante de Dieu
et d'elle-même, que l'intelligence, souffle
de vie dont le Créateur anima le corps
humain, gisait étouffée dans cette muette
prison, et n'avait pour se guider que les
instincts les plus grossiers. Le jeune prêtre,
élevé à l'école du Sauveur, connaissait
tout le prix d'une âme, et son zèle ému
fut tenté par une bonne action. Il s'approcha de la fermière, qui continuait à
gronder l'enfant, à l'aide de gestes énergiques, accompagnés de formidables fron-
cements de sourcil, et il lui dit :

» — Votre fils ne vous est d'aucune
utilité ?

» — Lui ! ah ! Monsieur, c'est une charge et une grande !

» — Voudriez-vous me le confier ? je ferai son éducation, et je tâcherai de lui faire apprendre un état.

» — Ah ! Monsieur, bien volontiers, et que Dieu bénisse votre charité !

» — Vous êtes maîtresse de me le céder ?

» — Je suis veuve.

» — Il viendra vous voir souvent. »

La fermière ne répondit rien ; elle s'efforça de faire comprendre par gestes à l'enfant qu'il irait le lendemain chez son nouveau protecteur, et le petit Philippe, c'était le nom du sourd-muet, en témoigna une grande joie.

II

Une bonne action.

M. EVRARD, revenu chez lui, rassembla ses souvenirs, feuilleta ses livres et chercha à jeter les fondements de l'éducation qu'il allait entreprendre. C'était une grande œuvre ! difficile, laborieuse entre toutes, car il faut, pour élever un sourd-muet, non-seulement éveiller, compléter les idées innées, mais encore lui donner l'instrument, à l'aide duquel il pourra communiquer ses propres pensées et comprendre celles des autres. Le sourd-muet, livré à l'instinct naturel, ne possède aucune des idées spirituelles, abstraites, qui, sans que nous sachions comment, nous sont devenues familières par la conversation et l'échange de la parole; la connaissance la plus ordinaire des phénomènes de la nature et de ceux de l'industrie est également en dehors de son domaine; jamais ignorance ne fut plus profonde que celle où il végète; jamais cercle plus borné que celui dans lequel il vit.

Des idées premières séjournent au fond de son intelligence, mais elles sont dans un état d'assoupissement; la parole seule pourrait les féconder, et cette parole, don excellent du Créateur à sa créature, cette parole n'arrive pas jusqu'à lui! Mais la charité chrétienne, qui est toujours à la hauteur des misères de l'homme, si affreuses qu'elles soient, a pourvu à ce besoin : elle a suscité des hommes au cœur chaud, à l'esprit ingénieux, qui ont créé une langue nouvelle, celle des signes, par laquelle le sourd-muet aussi reçoit sa part d'instruction, de science et de foi ; et du jour où l'abbé de l'Epée entra dans cette voie, les déshérités de la nature conquirent leur place au soleil de l'intelligence.

Ce fut à ces heureuses traditions que M. Evrard s'inspira. Il connaissait, grace à quelques études de jeunesse, le langage des signes et l'alphabet manuel ; c'était assez pour entrependre l'œuvre que Dieu lui avait envoyée ; c'était assez pour faire jaillir la lumière dans cette pauvre âme, assise à l'ombre de la mort.

Il trouva dans Philippe l'être informe, incomplet, végétatif, qu'offre toujours le sourd-muet, *avant* l'éducation, plus né-

cessaire pour lui que pour tout autre ;
mais, peu à peu, les tendres soins du
prêtre éveillèrent un sentiment dans son
cœur ; la vue des objets extérieurs sembla
parler à son esprit, et la connaissance des
signes ouvrit comme un passage pour aller
vers son âme, toujours solitaire, toujours
captive.

M. Evrard jouit avec délices de ces premiers progrès ; cependant il aspirait avec
ardeur vers le moment où l'enfant pourrait enfin comprendre l'existence de Dieu
et être initié à toutes les vérités de la
foi. Mais que cette heure est lente à son-
ner pour ces intelligences si longtemps
enveloppées de langes, si chancelantes dans
la voie de la raison, si vite éblouies par
le grand jour de la vérité ! Des années
s'écoulent parfois, avant qu'on puisse révéler à ces infortunés le doux nom de

Dieu, que nos enfants balbutient au sortir du berceau !

M. Evrard, après avoir longtemps invoqué le secours de l'Esprit-Saint, voix sacrée qui parle aux muets dans le silence du cœur, se résolut enfin à porter dans l'âme de son élève cette grande et magnifique lumière.

C'était par une belle matinée d'été ; il emmena Philippe dans les champs, et lui fit gravir une riante colline, au bas de laquelle serpentait la petite rivière d'Authie, qui se déroulait au loin dans le paysage comme un ruban nacré épandu sur un tapis de verdure et de fleurs. Un soleil brillant, mais doux encore, se reflétait dans les eaux limpides ; le vent léger du matin faisait frissonner les épis et les herbes veloutées d'une large prairie ; les bluets et les coquelicots levaient leurs têtes frêles du milieu des blés, comme pour voir la lumière et aspirer l'air vivifiant ; quelques bœufs étaient couchés sur l'herbe, tournant leurs faces graves et leurs yeux paisibles du côté des promeneurs.

Quand ceux-ci furent arrivés au sommet de la colline, ils virent l'horizon borné par l'épaisse et sombre forêt de Crécy, et derrière eux le clocher gothique et les riantes maisons du village. Ce paysage dans sa simplicité, était délicieux de lumière et de fraîcheur. Philippe exprima vivement sa joie et cueillit quelques fleurs qu'il présenta à son guide.

« Tu trouves cela bien beau ? dit M. Evrard dans la langue des signes.

» — Oh ! oui, répondirent les gestes expressifs de l'enfant ; il fait doux, le ciel est beau, les fleurs sont si jolies, et là-bas il y a tant, tant de grands arbres !

» — Mais sais-tu qui a fait toutes ces belles choses, le ciel, la rivière, les fleurs et les arbres ? »

L'enfant hocha la tête.

« Est-ce toi ? »

Le muet se mit à rire et fit un signe négatif.

« Est-ce moi ? »

» — Je ne crois pas, dirent les doigts de l'enfant.

» — Qui donc ? »

Philippe, à son tour, plongea un œil interrogatif dans les yeux de son ami. Celui-ci lui prit la main, et lui montrant encore le paysage, il dit lentement :

» — Tout ce que tu vois, tout ce qui t'entoure, le monde entier, les hommes, toi, moi, tout a été fait par un Etre que nous ne pouvons voir, mais qui existe cependant, et qui s'appelle DIEU ! »

Le muet resta immobile, paraissant se pénétrer de l'idée nouvelle qui se présentait à son intelligence ; il fit enfin un geste rapide et dit :

« Où est Dieu ?

» — Dans un lieu délicieux, où nous irons nous-mêmes, après notre mort, si nous avons été bons..

» — Et vous dites que c'est Dieu qui a fait tout ce que je vois et mon propre corps et le vôtre ?

» — Oui, mon enfant.

» — Alors, Dieu est bon, car tout cela est beau ?

» — Dieu est très-bon. Et si vous-même vous êtes bon, vous le verrez un jour, et vous lui parlerez.

» — Moi ! moi ! »

L'enfant réfléchit encore ; il regarda la campagne, le soleil étincelant où semblait se refléter la puissance de Dieu et le visage bienveillant de son ami, et il dit avec un geste timide et des yeux mouillés :

« Je veux aimer Dieu. »

Ce mot récompensa M. Evrard d'une année de fatigues : le jour s'était fait dans cette âme ; la grace intérieure avait prononcé à ces oreilles fermées le mot puissant, *ouvrez-vous !* que le Sauveur des hommes fit entendre autrefois au pauvre sourd-muet prosterné devant lui.

Philippe, depuis ce jour, parut plus soumis, plus appliqué aux ordres et aux leçons de son instituteur ; souvent il interrompait son travail et ses jeux pour venir demander :

« Dieu me voit-il ? »

Et il s'en retournait satisfait du signe affirmatif qu'il avait obtenu.

Mais cette seule connaissance, si sublime

qu'elle fût, ne suffisait pas. Il fallait que
l'enfant comprît quel trésor précieux lui
était confié, qu'il sût la valeur de cette
âme immortelle, qui pouvait comprendre et
sentir avant de se connaître elle-même; il
fallait qu'il apprît aussi à quel prix immense
elle avait jadis été achetée sur le Golgotha,
et qu'enfin tout ce grand tableau de la perte
et de la rédemption du monde, de l'établissement de l'Eglise et des prescriptions
de la loi divine, se déroulât aux yeux du
sourd-muet chrétien.

III

Lumières de la Foi.

Pour commencer à faire entrer son in-
téressant élève dans les profondeurs des
croyances chrétiennes, M. Evrard saisit l'occasion de la mort d'un vieillard, sacris-
tain de l'église, que Philippe aimait beaucoup; et, après lui avoir dit que son vieil
ami était froid, raide, insensible, il se ha-
sarda à le conduire auprès de ce lit de
mort. Malgré les prudentes instructions de
son ami, le pauvre Philippe se prit à pleurer, en voyant cette pâle image de la des-

truction ; il voulut baiser les joues du bon André, et recula en trouvant sous ses lèvres le froid du marbre ; il saisit les mains et les laissa retomber en voyant que leur pression ne répondait pas à la sienne, et troublé, il regarda M. Evrard.

« André es tmort, dit celui-ci.

» — Mort..... répéta l'enfant, qui ne comprenait pas.

» — Il ne souffre plus.

» — Va-t-il rester comme cela ? ne parlera-t-il plus jamais ?

» — Jamais... jamais... Demain, on le mettra dans un grand coffre et on l'enfouira en terre.

» — Oh ! pauvre André ! quoi ! je ne le verrai plus ! »

Et l'enfant se mit à sangloter.

« Ecoute, Philippe, dit le curé en le prenant sur ses genoux, tout n'est pas mort en André : son corps ne vit plus, il est vrai, mais son âme existe.

» — Qu'est-ce que l'âme?

» — C'est la partie de nous-mêmes avec laquelle nous aimons le bon Dieu et nos amis, avec laquelle nous comprenons les choses qui sont écrites dans les livres.

» — Je ne comprends pas, dit le geste expressif de l'enfant.

» — André t'aimait bien?

» — Oh! oui; il me donnait des fruits de son jardin, il me caressait et me mettait sur ses genoux...

» — Eh bien! qu'est-ce qui t'aimait en André? était-ce son petit doigt, ou son œil, ou ses cheveux?...

» — Non... non...

» — Quoi?

» — Autre chose... ça venait de l'intérieur.... »

Et l'enfant montrait sa poitrine et son cœur....

« Eh bien, cher enfant, cette autre chose, c'est l'âme, c'est là ce qui aime, ce qui comprend... c'est l'âme qui se réjouit quand nous avons fait le bien et quand on nous aime, et qui s'attriste quand nous avons été méchants et qu'on ne nous aime pas... N'as-tu jamais été triste, quoique ton corps se portât bien, et que tu n'eusses ni faim ni soif ?

» — Pardonnez-moi, monsieur ; quand ma mère me regardait, j'étais triste, parce qu'elle paraissait fâchée, toujours fâchée....

» — Et cependant tu n'avais pas de mal à la main ni au visage ?

» — Oh ! non, ce n'était pas du mal.

» — Et tu souffrais pourtant.... il y avait donc autre chose en toi aussi ; il y a autre chose chez tous les hommes que le corps, cette autre chose s'appelle *l'âme*, et quand le corps, usé par la maladie, meurt comme vient de mourir celui de notre cher André, l'âme survit....

» — L'âme survit ! où est celle d'André ?

» — Dieu seul, qui a tout fait, l'âme et le corps, peut le savoir ; mais j'espère qu'elle est heureuse, car André était bon....

» — Et quand on a été bon, on est heureux ?

» — Oui, mon ami ; Dieu place alors l'âme auprès de lui ; mais l'âme qui a été méchante, souffre et doit souffrir toujours ; elle sera toujours triste, toujours peinée : elle endurera des maux inexprimables, qui seront le châtiment des desseins criminels qu'elle a conçus, lorsqu'elle était sur la terre. »

L'enfant resta rêveur une grande partie de la journée ; mais le soir il revint sur toutes ses demandes, et reçut les mêmes réponses, quoique plus explicites et plus détaillées. Pendant plusieurs jours, il ne cessa de ruminer ce sujet, s'essayant à comprendre la double nature de l'homme et les destins immortels auxquels il est réservé. Enfin, un jour, il dit à M. Evrard :

» — Vous dites que Dieu est très-bon et très-puissant : pourquoi, alors, n'a-t-il pas fait toutes les âmes bonnes, afin de n'être pas obligé à les punir ?

» — Mon ami, tu me demandes une longue histoire ; je crains que tu ne sois pas attentif....

» — Oh ! si... parlez, mon bon père, je vais bien regarder vos doigts....

» — Dieu, après avoir fait le monde, comme je te l'ai expliqué, fit aussi un homme et une femme, qu'il plaça dans un jardin magnifique, rempli de fruits et de fleurs ;

5 *

arrosé par les eaux limpides de quatre fleuves. Le Seigneur leur dit que toutes ces belles choses étaient pour eux, et il leur promit qu'après le cours de leur vie, sans passer par la mort, sans souffrir et languir comme le pauvre André que tu as vu, ils seraient transportés dans le Paradis, c'est-à-dire dans le lieu de délices que Dieu habite lui-même. Il mit à tant de biens une seule condition : il leur défendit de toucher aux fruits d'un arbre qu'il désigna, et leur dit que, s'ils transgressaient son ordre, ils seraient punis, eux et leur postérité, eux et nous, car nous sommes les enfants de cet homme et de cette femme.

» — Et ils désobéirent à Dieu ?

» — Oui, mon ami.

» — Ah ! que nous sommes malheureux ! jamais nous n'irons dans le Paradis, ni André, ni personne ; Dieu ne voudra plus de nous. »

Et l'enfant, frappé de cette pensée, se mit à pleurer. Le curé lui prit la main et lui dit :

« Philippe, tu connais bien Duquesne, le charron ? il doit une grosse somme d'argent au marchand de bois, qui menace de le mettre en prison, jusqu'à ce qu'il ait payé... j'ai envie de payer pour lui... crois-tu qu'alors Duquesne soit enfermé en prison ?

» — Je ne le crois pas, puisque le marchand de bois sera payé.

» — Eh bien ! nous avions aussi envers le Seigneur une grosse dette que nous ne pouvions acquitter ; mais quelqu'un s'est chargé de payer pour nous.

» — Oh ! qui donc ?

» — Le Fils même de Dieu ! Jésus-Christ ! » dit M. Evrard en écrivant lentement, dans l'air, les lettres qui forment cet adorable Nom, pendant que l'enfant suivait ses gestes avec avidité. JÉSUS-CHRIST, qui est Dieu, égal à son Père, tout-puissant comme lui, et qui prenant en grande compassion les hommes bannis du ciel, s'offrit à payer leur dette, et à donner à la justice de son Père une telle satisfaction, qu'il ne pourrait plus s'irriter contre les enfants d'Adam et d'Eve (c'était le nom de nos premiers parents). Le bon Jésus se fit homme semblable à nous ; il eut pour Mère une jeune vierge, qui était aussi aimable que pure, et il vécut trente ans dans le travail, l'oubli du monde et la pauvreté. Au bout de trente ans, il sortit de sa retraite, il enseigna aux hommes la doctrine qu'ils devaient suivre pour aller au ciel. Il leur dit qu'ils devaient être doux, humbles de cœur, compatissants, toujours disposés à pardonner aux injures, toujours prêts à souffrir pour Dieu ; il leur enseigna qu'ils devaient aimer Dieu de toutes leurs forces, de tout leur cœur, de toute leur âme, et aimer les autres hommes comme eux-mêmes et leur faire tout le bien possible. Pendant trois ans, Jésus répéta ces discours; il allait en faisant le bien; comme il était tout-puissant, quoiqu'en apparence semblable à nous, il guérissait les malades qu'on déposait à ses pieds; il multipliait les pains, pour nourrir le peuple affamé; il commandait à la mer, en un jour de tempête, et elle s'apaisait à ses paroles : tout ce qu'il disait, tout ce qu'il faisait montrait sa bonté, sa douceur, sa charité....

» — O mon père, j'aime le bon Jésus! est-il encore sur la terre?... je voudrais bien le voir!

» — Mon cher enfant, Jésus avait des ennemis cruels, des hommes orgueilleux qui ne l'aimaient pas, parce qu'il prêchait l'humilité, des hommes avares qui ne l'aimaient pas, parce qu'il méprisait les richesses ; ces hommes complotèrent contre sa vie, et comme il était venu au monde pour souffrir et expier la faute de nos premiers parents, Jésus se livra aux mains de ses ennemis. Ils le saisirent, une nuit qu'il faisait sa prière en un lieu nommé le Jardin des Oliviers. Ils lui lièrent les mains, le traînèrent à leur suite jusqu'à la ville de Jérusalem, qui était la capitale du pays où Jésus était né. Pendant toute cette nuit, le doux Jésus fut maltraité, frappé, insulté par ces misérables ; le jour venu, ils le menèrent de tribunal en tribunal, comme une pauvre victime ; des bourreaux le flagellèrent ; des soldats lui mirent une couronne d'épines qu'ils enfoncèrent dans sa tête à grands coups de bâton ; puis, ils firent une grande et lourde croix, qu'ils lui mirent sur les épaules, et ils le traînèrent vers une montagne, appelée le

Calvaire. Arrivés là, ils le dépouillèrent de ses vêtements, l'étendirent sur la croix, prirent de gros clous et le clouèrent à la croix par les mains et par les pieds..... »

Pendant ce récit, les gestes et les regards de l'enfant avaient exprimé une profonde horreur.

« Eh quoi! dit-il, le bon Jésus!....

» — Tiens, mon fils, répondit le curé en tirant de dessous ses vêtements un petit crucifix d'argent d'une belle et saisissante expression, tiens, mon cher fils, regarde : voilà Jésus, ton Dieu et ton bon Sauveur, dans l'état où il a bien voulu se réduire pour les hommes : vois-tu ses mains contractées autour des clous qui les déchirent, ses pieds traversés, son front couronné d'épines aiguës, son corps suspendu sur quatre plaies?.. il va mourir et mourir pour nous, mourir parce qu'il nous aime... il va nous acheter par sa mort le droit d'entrée au ciel que nos premiers parents avaient perdu pour eux et pour leur postérité... Comprends-tu maintenant combien nous devons aimer Dieu à notre tour? »

L'enfant avait compris; prenant le crucifix d'une main tremblante, il le pressa contre ses lèvres muettes, il répéta plusieurs fois : « Je vous aime, Jésus, je vous aime!»

« Mais, reprit-il enfin, Jésus est donc mort? .

» — Oui, mon fils, il est mort en la croix, et après sa mort il fut remis aux bras de sa tendre mère, qui l'avait vu souffrir et mourir. Tu peux penser de combien de larmes elle couvrit le corps de ce cher Fils! Elle le déposa au tombeau, aidée de quelques pieux amis. Mais Jésus, qui était le Maître de toutes choses, qui avait ressuscité les morts, ne pouvait pas rester assujetti lui-même à la mort. Le troisième jour, il sortit du tombeau : il se montra à ses amis, à ses disciples affligés dont sa vue réjouit le cœur ; durant quarante jours, il demeura avec eux, leur donnant ses instructions, les comblant des dernières marques de sa fidèle amitié ; le quarantième jour, après les avoir bénis, il s'éleva au ciel....

» — Et il ne revint plus sur la terre ?

» — Non, mon ami ; mais il nous voit du haut du ciel où il règne ; il compte chacun de nos pas ; à notre mort, si nous avons bien vécu, il nous accueille dans le séjour de sa gloire et nous met auprès de lui pour l'éternité, c'est-à-dire pour toujours...

» — Et comment faut-il faire pour bien vivre ?

» — Il faut pratiquer ce que Jésus a enseigné. Après sa mort, ses disciples se répandirent par toute la terre ; ils prêchèrent partout ce que Jésus leur avait appris, et le monde presque entier devint chrétien, c'est-à-dire disciples du Christ.

» — Et moi, suis-je chrétien ?

» — Oui, mon cher Philippe, mais il ne suffit pas de l'être de nom, il faut aussi l'être de cœur.....

» — O mon père, dit Philippe en se jetant entre les bras du prêtre, vous me l'apprendrez ? »

IV

Première communion.

Dès ce jour, l'éducation de Philippe fit des progrès étonnants. Une foi vive, ardente, le souleva sur ses ailes et l'aida à combattre les défauts d'un caractère longtemps indompté ; et des vertus enfantines, mais réelles, puisqu'elles étaient acquises par de grands efforts, sucédèrent aux penchants grossiers qu'avait favorisés l'ignorance de ses premières années. Pieux, soumis, appliqué, il récompensa largement son protecteur, qui l'aimait comme on aime une bonne œuvre ; et bientôt, l'espoir de recevoir son Dieu à la Table sainte vint encore aiguillonner son ardeur.

M. Evrard le préparait avec le zèle le plus affectueux, et il était aidé dans cette mission par un autre enfant, Raoul Darblay, qui, lui aussi, se disposait à la première communion.

Raoul, dont les parents habitaient le château d'Aulnes, était le frère de lait de Philippe, et après une absence de quelques mois, il l'avait trouvé avec joie installé au presbytère. Depuis ce temps, il ne passait pas un jour sans aller voir son ami ; il lui apportait des jouets, des petits outils, des livres illustrés, toutes choses qui aidaient à l'éducation du muet, et il passait des heures entières à converser avec Philippe, dans la langue des signes qu'il avait facilement apprise. Cet enfant

et le digne prêtre étaient les seuls amis
que possédât le pauvre muet, car la fermière, Mme Gilbert, depuis le jour où
elle avait remis son fils aux mains du
curé, s'était à peine informé de lui.
C'était une femme sombre, maussade,
silencieuse, et qui semblait avoir pris en
haine ce pauvre enfant, à cause de son
infirmité. Raoul, seul, son nourrisson,
avait quelque pouvoir sur son esprit et
obtenait parfois un sourire de ces lèvres
arides, à qui la joie et la bonté parais-
saient également étrangères. Les personnes
qui observaient de près la fermière, l'avaient
cru parfois sous le poids d'un secret qui
pesait à sa conscience, mais qu'aucun épan-
chement ne venait jamais trahir.

Le curé saisissait avec empressement tous
les objets extérieurs qui frappaient les sens
de son élève, afin de mieux graver dans son

âme les vérités religieuses et morales dont il désirait la nourrir. Il aurait voulu que tout ce qu'embrassaient les regards de l'enfant pût apporter une salutaire pensée à son cœur, lui parler un langage de paix et de vertu, et il tâchait d'attacher à tout ce qui les entourait un souvenir aimable et pieux qui, plus tard, prémunît l'esprit de Philippe contre les illusions de la jeunesse. S'ils parcouraient ensemble la campagne, le pasteur enseignait à l'enfant les paroles du Livre saint, en lui montrant les fleurs, les épis, les oiseaux, dont le Seigneur a emprunté les douces images dans ses paraboles. Il lui montrait la soyeuse tunique du lis, et recommandait au pauvre orphelin de ne pas s'inquiéter de l'avenir et de remettre son sort aux mains d'une Providence maternelle ; il lui faisait suivre la marche du soleil dans les cieux, lui rappelait que cette féconde lumière échauffait, éclairait également les méchants et les bons, et lui recommandait d'être indulgent, bon, charitable pour tous, sans acception. Les enseignements de la Loi divine, se rattachant ainsi aux objets de la nature, s'imprimaient dans l'imagination de l'enfant, la peuplaient d'images touchantes et faisaient retentir partout, dans cette âme silencieuse et solitaire, le grand, l'ineffable nom du Seigneur.

Les fêtes de l'Eglise, si fécondes en nobles instructions, fournissaient aussi au bon prêtre un thême inépuisable de saintes leçons, de préparations pieuses au grand mystère, où le sourd-muet allait être convié. Toute l'année ecclésiastique s'offrait aux yeux du maître et de l'élève comme un livre admirable, dont chaque feuillet contenait une histoire touchante, une morale sublime, un souvenir d'abnégation et d'amour. Philippe devint plus familier avec la vie du Christ, en s'approchant de son berceau, en allant, pendant la nuit de Noël, assister au saint Sacrifice et adorer, sous le voile de l'Hostie, l'Enfant divin qui naquit pour le salut du monde. Guidé par son instituteur, il suivit pas à pas les mystères de la sainte enfance; il comprit quels exemples nouveaux d'humilité, de douceur, d'amour, avaient été donnés à l'univers du fond de l'étable de Bethléem... L'année s'avançant dans son cours, il vit l'Enfant devenu Homme, Victime et Rédempteur, sacrifié au bonheur de ses frères, et il l'adora dans tous les actes de son sanglant sacrifice.

Les brillantes solennités de Pâques éveillèrent une sainte joie dans le cœur de Philippe, et quoiqu'il ne pût entendre ces chants délicieux, créés par la tendre piété du moyen-âge, et qui semblent un écho affaibli des cantiques du ciel, l'*Alleluia* pourtant retentit aussi dans son âme, qui s'associait aux félicités de l'Eglise, célébrant la résurrection de son Epoux.

Le mois de Marie le vit, attentif au pied de l'autel, embaumé de fleurs, brillant de lumières; l'orphelin délaissé trouvait là ce qu'il n'avait jamais connu : une Mère tendre, dont la douce image semblait lui sourire et près de laquelle son cœur, longtemps isolé, se complaisait et rencontrait une douce sympathie.

Mais bientôt allait venir la Fête-Dieu avec toutes ses pompes; la Fête-Dieu, si belle au village, où une piété naïve prodigue au Seigneur les dons que les hommes ont reçus de lui; la Fête-Dieu, qui remplit le hameau de parfums et de fleurs, qui effeuille, sur toutes les routes, les jasmins et les roses, tapis odorant jeté sous les pas du prêtre qui porte un Dieu entre ses mains ! la Fête-Dieu, avec son radieux soleil, ses encensoirs balancés dans les airs, son cortège nombreux où tous les rangs se confondent, ses bénédictions touchantes; la Fête-Dieu, la plus belle des fêtes pour Philippe, puisqu'en ce jour il devait recevoir son Créateur.

Ce beau jour, tant désiré, se leva enfin; les deux enfants avaient douze ans. Raoul, entouré de sa famille, rayonnait de beauté, de candeur, d'innocente joie. Philippe entra seul dans l'Eglise, car son unique protecteur était à l'autel, et sa mère elle-même avait pris place dans la nef du côté qu'occupait la famille Darblay; il était seul, mais pourtant il était heureux.

Sa foi profonde et concentrée aspirait vers ce bonheur, le plus grand de sa vie, qu'il allait goûter à la table eucharistique : il n'était plus orphelin, il n'était plus déshérité, il n'était plus infirme, il n'était plus le *pauvre Philippe*; il était chrétien, et appelé par ce titre à participer au banquet du Sauveur. C'était assez de félicité.

Pour la première fois, son cœur allait s'épancher, sans le secours de ces signes, truchement incomplet de la pensée, et c'était dans le sein de son Dieu qu'il allait verser son âme tout entière; c'était à son Dieu qu'il allait parler !

Il entendit la messe, sans détourner ses yeux du tabernacle, pressant par ses regards l'heureux moment de l'union céleste; enfin il put s'avancer, il put s'asseoir à la table sacrée, et la main de son bienfaiteur lui donna son Dieu ! Tout le ciel était sur le front et dans le cœur de ce jeune homme, lorsqu'il revint à sa place, portant dans sa poitrine le divin Ami, auquel il voulait consacrer sa vie, auquel il promettait d'être bon, d'être

\pur, d'être fidèle, afin de lui plaire toujours et de ne le perdre jamais.

Il n'était plus sourd ni muet pour Jésus-Christ, le bien-aimé de son âme, ce pauvre Philippe, dont le cœur parlait au cœur de son Dieu et en était compris. Dans ce divin tête-à-tête entre Dieu et sa créature, dans ces embrassements eucharistiques, si délicieux pour un cœur pur, la parole éternelle était donnée au sourd-muet, et un doux entretien, sans bruit de paroles, s'établissait entre Jésus-Christ et lui. Il comprenait, il goûtait combien est excellent ce Pain, délices des rois, combien est suave ce Vin qui fait germer les vierges [1] !

[1] « Dans ces âmes neuves, l'amour, le pur amour de Dieu va quelquefois si loin, que plusieurs (sourdes-muettes) sont entrées dans la maison de leur éternité, sans avoir passé par les épouvantements de la mort. Vous allez en juger par ces réponses faites à quelques questions : « Avez-vous peur de mourir ? — Oh ! non,

, Raoul aussi s'était senti vivement touché en recevant pour la première fois ce gage de l'amour divin ; mais, malgré ses pieux efforts, il ne se faisait pas dans son âme ce grand silence, cette sainte solitude, qui unissait le cœur de Philippe à celui du Sauveur. C'est à celui qui fut déshérité de toute joie, privé de toute affection, banni dès sa naissance du banquet joyeux des hommes, c'est à celui-là à comprendre les délices de l'amour d'en haut, à se plonger dans les abîmes de la tendresse de Dieu et à savourer toute l'étendue des sublimes paroles : *Bienheu-*

si Dieu le veut, j'obéis ; je n'ai pas peur de mourir, et même je le désire. — Vous le désirez, et pourquoi ? — La mourante : Parce que j'aurai le bonheur de *causer* avec Jésus-Christ, avec la sainte Vierge, et de voir le bon Dieu : oh ! je serai bien contente ! » *(Discours prononcé dans l'église de Saint-André, le jour de la première Communion des Sourdes-Muettes de l'Institution de Lille. 1847.)*

reux ceux qui pleurent, car ils seront consolés ! Venez à moi, vous tous qui êtes accablés, et je vous soulagerai !

Ce jour heureux, qui marquait dans la vie des deux jeunes gens, resserra encore les liens de leur amitié. Philippe était traité avec affection par la famille de Raoul, et lorsqu'il eut atteint quinze ans, M. Darblay s'offrit à le placer chez un célèbre graveur, le jeune muet ayant manifesté pour cette profession une vocation décidée. M. Evrard y consentit : il se séparait de son élève avec peine, mais sans inquiétude, car il lui connaissait une piété aussi tendre qu'éclairée, des sentiments généreux, des principes droits et une instruction presque égale à celle des jeunes gens de son âge. Raoul, à cette époque, quitta également ses parents pour un collége, où il devait achever ses études.

V

Correspondance.

PHILIPPE A M. ÉVRARD.

Mon bienfaiteur, mon père, combien je
suis heureux de savoir écrire, de pouvoir
transmettre mes pensées autrement que par
le geste, puisque aujourd'hui il m'est permis, à trente lieues de distance, de m'en-
tretenir avec vous et de vous communiquer
mes idées et mes sentiments. Ce bonheur,
c'est encore à vous que je le dois; c'est à
vos leçons si patientes, à vos bontés si assi-
dues... Ah! Dieu qui vous a inspiré de me

faire tant de bien, Dieu seul peut vous ré-
compenser ! Lorsque je récapitule dans ma
pensée tout ce que le Seigneur a fait pour
moi, en vous envoyant dans notre village,
je suis saisi d'étonnement et d'admiration
devant les vues cachées de la Providence.
Pauvre enfant, enfermé dans la prison de
mon infirmité, sans amis, sans affection
(vous le savez, vous, mon tendre et vénéré
père), sans une voix pour m'instruire, sans
une main pour me guider, sans un cœur
pour me chérir, je végétais dans la plus
profonde ignorance, et je sentais déjà en
moi le germe des plus mauvaises passions.
Toujours repoussé, je n'aimais rien ; toujours isolé des plaisirs, des jeux des autres
enfants, j'étais vindicatif et jaloux, et les
sentiments bons et tendres que le Seigneur
avait peut-être mis dans mon âme se tour-
naient en fiel. Je serais devenu méchant,

car je ne connaissais pas Dieu ; mais Dieu qui me connaissait, qui m'aimait, qui avait pitié de ma misère, permit que vous vinssiez auprès de moi et que votre affectueuse bonté changeât totalement mon cœur. Je vous dois ma seconde vie, celle de l'âme, et c'est à bien juste titre que je vous nomme mon père, vous qui avez éveillé en moi l'intelligence et le sentiment, vous qui m'avez fait connaître Dieu et la vie éternelle !

Oh ! oui, Dieu est bon ! il donne (vous me l'avez dit autrefois) aux fleurs les plus humbles un rayon de soleil et une goutte de pluie ; le plus faible insecte, perdu sous l'herbe, a une place au festin de la nature, et l'orphelin, l'enfant délaissé, trouvent de sûrs asiles dans les cœurs où Dieu commande. Les serviteurs de Dieu appartiennent aux malheureux : vous m'avez donné, mon père, votre temps, vos soins, vos talents,

puissé-je, ah ! puissé-je justifier votre charité !

Paris... 1840,

Mon bon père,

Pour obéir à vos conseils, j'ai visité, dans
tous ses détails, ce bel établissement où les
pauvres jeunes gens, sourds-muets comme
moi, reçoivent l'éducation qui les place au
rang des chrétiens et des citoyens. Vous savez
que la première idée en fut conçue par le
respectable abbé de l'Epée, dont la compassion énergique et intelligente a retiré de
l'abjection et de l'ignorance une classe nombreuse d'infortunés. Il a fait, pour les sourds-
muets en général, ce que vous, mon bien-
aimé protecteur, avez fait pour moi en particulier ; les sourds-muets lui donnent ce
nom de père dont je me plais à vous nommer.
Vous m'avez dit parfois, mon père, que les

bonnes œuvres étaient des mandats présentés par la Providence, et qu'heureux étaient ceux qui les acquittaient fidèlement... L'abbé de l'Epée fut de ce nombre. Sa vie entière nous fut consacrée. Il s'efforça, avant toute chose, à créer un langage, sensible aux yeux, qui pût devenir la langue universelle de la nombreuse famille dont il voulait être le père, et, pour y arriver, il étudia avec soin la langue primitive des sourds-muets, c'est-à-dire les gestes individuels, isolés, avec lesquels ils exprimaient leurs besoins et leurs sensations, et de ces différents signes, enrichis, corrigés, complétés, il forma une langue nouvelle, qu'il enseigna aux élèves qu'il avait réunis.

Animé d'une si ardente charité, l'abbé désirait perpétuer son œuvre, et léguer aux pauvres sourds-muets un établissement national où ils pussent recevoir cette instruction qu'il s'efforçait de leur donner. En attendant que cet établissement fût créé, il consacrait à ses élèves tout son revenu, et il disputait presque avec son frère qui voulait l'empêcher d'entamer ses capitaux. Sa soutane était usée, il se nourrissait à peine, il souffrait du froid ; mais ses enfants adoptifs ne manquaient de rien, et il était heureux de leur bonheur. Un bon curé de Paris vint le voir, et, comprenant ces saintes joies du dévouement que tant de fois j'ai vu rayonner sur votre front, mon père bien-aimé, alors que vous reveniez bien las, bien mouillé, après avoir visité vos malades et vos pauvres, ce bon curé voyant la riche pauvreté de l'abbé de l'Epée, se mit à dire : « M. l'abbé, avant d'avoir vu ce que je vois, je vous plaignais, maintenant je vous envie ! »

Il y avait en ce temps-là, en France, un bon roi qui comprenait les bonnes œuvres d'abnégation et de vertu, c'était Louis XVI. Il encouragea les efforts de l'abbé de l'Epée, en assurant à la maison des sourds-muets un revenu de six mille livres. Le digne fondateur mourut le 25 décembre 1789, mais du moins il n'emporta pas la douloureuse crainte de voir après lui ses fils orphelins sur la terre. En 1790, l'établissement fut assimilé aux œuvres d'utilité publique; il devint national et fut défrayé par l'Etat, qui y entretient quatre-vingts bourses gratuites.

Voilà ce que j'ai appris sur l'origine de cette précieuse maison et sur le digne prêtre qui l'a fondée. Sans doute, mon bon père, vous connaissez ces détails mieux que moi, mais je vous obéis en vous rendant compte de ce que je vois, de ce que l'on me raconte; il n'est qu'une chose que je ne puis exprimer à mon gré, c'est le filial amour qui se trouve pour vous dans mon cœur.

M. ÉVRARD A PHILIPPE.

J'ai lu avec plaisir votre dernière lettre, mon cher fils, et je loue le respect que vous portez à la mémoire de l'utile et bienfaisant abbé de l'Épée. Vous comprenez, je l'espère, mon cher enfant, quel était le grand moteur qui animait ce charitable prêtre à de si rudes travaux, qui lui donnait l'ardeur pour entreprendre, la constance pour achever.

De quel prix n'est pas une âme, lorsqu'on la pèse au poids du sanctuaire? Elle est créée pour Dieu, elle est l'œuvre de ses mains, et porte le cachet de sa ressemblance; elle est rachetée du sang d'un Dieu, et destinée à jouir d'éternelles délices. Cette âme, cette âme précieuse de nos frères, cette âme cachée sous le voile de l'infirmité, sous les haillons de la misère, sous la lèpre même du péché, cette âme est tellement chère à Dieu, que pour elle il a envoyé son Fils unique à la mort ; qu'il a voulu que l'Innocent et le Juste mourût du supplice des infâmes, afin de la délivrer du supplice des damnés. Et nous ne l'aimerions pas ! Elle est si noble, si grande, que les anges et les séraphins lui ont préparé dans les cieux un de ces trônes que les esprits rebelles ont jadis abandonnée, et que, durant les heures sans fin de l'éternité, elle doit occuper la place des sublimes intelligences, qui, les premières, tombèrent des doigts puissants du Créateur ! et nous ne la respecterions pas ! Elle est environnée d'ennemis si perfides, que chaque instant peut la perdre sans retour, et nous ne la secourrions pas ! Ah ! loin de nous, Philippe, loin de nous tout sentiment égoïste ! partageons notre pain avec ceux qui ont faim, notre science dans les voies de Dieu avec ceux qui s'égarent, *car ceux qui ramèneront un seul de leurs frères brilleront comme des étoiles durant toute l'éternité!*

Ce sont ces sublimes motifs qui, dans l'Église catholique, ont inspiré tant d'œuvres admirables, et celle qui, plus qu'une autre, vous touche et vous intéresse, n'a pas eu d'autre principe. L'abbé de l'Épée, les saints prêtres, les vertueux laïques qui se sont occupés de la régénération intellectuelle des sourds-muets, ont eu spécialement en vue le bien de leur âme. Souvenez-vous, mon fils, de cet enseignement, et gardez, comme un trésor précieux dans un vase d'argile, cette âme, chère à Dieu, chère à vos frères, à vos protecteurs, en vue de Lui.

Adieu, mon enfant, que la bénédiction du Seigneur soit avec vous.

ÉVRARD, prêtre.

Mon bon père,

Après avoir rendu de justes hommages à la mémoire de l'abbé de l'Épée, il convient que je vous parle de son successeur dans l'œuvre des sourds-muets, de l'abbé Sicard. J'aime à écrire ces noms, qui, maintenant sont bénis de tout l'univers ; car nos vertueux instituteurs n'ont pas seulement travaillé pour les sourds-muets en France, mais pour ceux du monde entier.

L'abbé Sicard avait embrassé dès sa jeunesse cette œuvre de dévouement. Pour son début, il avait dirigé l'institution de Bordeaux, élevée à l'exemple de celle de Paris. A la mort de l'abbé de l'Épée, il se présenta, accompagné de son célèbre élève Massieu, pour recueillir ce difficile, mais précieux héritage, et à l'issue d'un concours public, l'avis unanime du jury fut que personne n'en était plus digne que lui.

Deux ans s'étaient à peine écoulés depuis que l'abbé Sicard s'était vu installer dans ses nouvelles fonctions, quand tout-à-coup l'orage révolutionnaire vint assaillir sa tête vénérable. Il fut arrêté le 26 août 1792. Son crime, c'était d'avoir exercé envers des prêtres poursuivis les saints devoirs de l'hospitalité.

Mais aussitôt que Massieu eut appris l'emprisonnement de son maître, il se rendit, à la tête de ses frères d'infortune, à la barre de l'assemblée législative, et présenta une requête touchante, bien touchante sans doute, puisqu'il obtint, au milieu des marques d'approbation, un décret qui prononçait l'élargissement de son père adoptif. — Massieu était bien heureux, n'est-ce pas, mon père?

Cependant, les hommes qui gouvernaient

Paris n'obéirent pas à ce décret sauveur : le bon abbé était toujours en prison et menacé d'une mort affreuse. Le jour vint où on s'apprêtait à le conduire au supplice ; entouré d'une foule hideuse, il était calme et soumis à la sainte volonté de Dieu ; ses chers enfants vivaient toujours au fond de son cœur, et voulant leur donner un témoignage de sa tendresse, il prit sa montre et pria un commissaire, témoin des exécutions, de la remettre au premier sourd-muet qui viendrait demander de ses nouvelles. On allait le massacrer aux portes de la prison, lorsque tout-à-coup un honnête homme, nommé Monnot, s'élança entre le digne prêtre et les assassins, s'écriant :

« Comment ! c'est l'abbé Sicard, c'est l'instituteur, le père des sourds-muets, que vous voulez immoler ! Vous me passerez tous sur le corps avant d'arriver à lui ! Frappez !... »

Ces paroles généreuses suspendirent les coups, et frappèrent les bourreaux d'une telle admiration, qu'ils se disputèrent l'honneur de porter en triomphe celui, qu'un moment auparavant ils voulaient immoler avec une rage si froide et si aveugle. L'abbé Sicard s'arracha de leurs mains ; mais, durant tout le règne de la terreur, il courut de grands périls. La Providence le conserva, envoyant autour de lui ses anges de paix pour le défendre, et en 1797, il reprit possession de ses fonctions utiles et charitables, au milieu des sourds-muets.

Ses leçons, intéressantes et publiques, attiraient à l'institution une foule nombreuse, parmi lesquels on distinguait des savants, de hauts personnages, et jusqu'aux souverains des principaux états de l'Europe. Le saint-père même, Pie VII, visita cette maison.... C'était justice, n'est-il pas vrai, mon père ? Car toutes les bonnes œuvres qui se font dans l'Église catholique appartiennent de droit au Père commun de tous les fidèles, au représentant de Jésus-Christ, qui est le vrai père de famille.

L'abbé Sicard, après avoir consacré tous ses jours à cette œuvre, mourut dans le Seigneur en 1822. Sa bonté, son zèle, sa douceur, me rappellent le plus cher souvenir de ma vie, celui de vos bienfaits, mon père, et de ma tendre reconnaissance.

Votre fils obéissant,

PHILIPPE.

J'écris à ma mère par ce même courrier; je lui dis que je l'aime, et c'est bien vrai; mais elle, mon père, m'aime-t-elle aussi ? Quelle idée ! une mère pourrait-elle ne pas chérir son enfant ? Il me semble que Dieu a fait de l'amour des enfants pour leur

mère une loi (loi chère et sacrée), et de
la tendresse des mères pour leurs enfants
non-seulement une loi, mais un instinct.

M. ÉVRARD A PHILIPPE.

TOUT ce que vous voyez, mon cher enfant, dans ce genre particulier de recher-
ches, auxquelles vous vous intéressez en
dehors de vos travaux, tend à vous prouver
les immenses bienfaits du christianisme.
Vous avez vu avec quel empressement, depuis plusieurs siècles, les hommes d'intelligence et de cœur se sont appliqués au
soulagement d'une des misères humaines,
de celle dont vous souffrez vous-même, et
quel concours, rois, peuple, magistrats,
prêtres, laïques, ont prêté à leurs efforts.
Comparez cet élan généreux avec le dur
égoïsme de la société païenne, si lettrée,
si brillante, si richement douée des graces

de l'imagination et du génie des arts, mais si pauvre, si tristement misérable dans les questions qui intéressent l'humanité souffrante. Que faisait le paganisme pour les malheureux, pour ceux que l'Église a révérés, jusqu'à voir en eux les images vivantes et souffrantes de son divin Époux ? Lycurgue voulait que le membre inutile à la république, relégué dans les solitudes du Taygète, y pérît de faim et d'abandon. Aristote, cette lumière de la philosophie, trouvait cette idée bonne et excellente. La même férocité régnait à Athènes et à Rome, dans les beaux siècles de Périclès et d'Auguste. A l'égard des sourds-muets, ce même Aristote les frappait d'interdiction ; et Pline, cet homme si éclairé, si humain, ne voit en eux que des *mimes* admirables, et ne semble pas se douter qu'ils soient des êtres semblables à lui.

Voilà ce qu'étaient les nations païennes, *sans affection*, a dit saint Paul, mot profond qui peint toute leur misère. Le christianisme paraît, et avec lui la sensibilité fraternelle de l'homme pour l'homme reprend ses droits. Le maître rompt, au pied de la croix, les fers de l'esclave; la femme reprend la dignité d'épouse et de mère, et n'est plus, comme sous la loi romaine, abaissée, jusqu'à la fin de ses jours, sous le joug d'une humiliante tutelle; le pauvre vieillard, les malades ne vont plus expirer sur les grandes routes, au coin des rues, sur les îles du Tibre. Des hôpitaux s'élèvent, fondés par les descendants des patriciens [1], et reçoivent avec respect les malheureux chéris de Dieu : les enfants abandonnés ont des mères, les vieillards délaissés des filles,

1 Fabiola, descendu d'une famille consulaire, fonda le premier hôpital qui ait existé.

les pestiférés des serviteurs, et il n'est point
une classe de misérables qui ne trouve un
cœur dévoué, n'ambitionnant d'autre gloire
que de périr au service de la charité. Votre
infortune, mon cher enfant, a excité de vives
sympathies dans les âmes chrétiennes, qui
se souvenaient que le divin Maître avait plus
d'une fois, *poussant un soupir vers le ciel*,
ouvert la bouche des muets, et la charité
qui continue tous les jours les miracles de
Jésus, qui rassasie les affamés et guérit les
malades, la charité s'est occupée de la
classe intéressante d'infortunés à laquelle le
paganisme refusait l'eau et le feu. Vous avez
vu, mon cher Philippe, les essais, les
tentatives, les difficultés vaincues, et enfin les
merveilles opérées par la patience et le zèle
dans l'éducation des sourds-muets. Remer-
cions Dieu, qui a donné au monde les *hommes
de bonne volonté*, les hommes de bonnes œu-

vres; prions pour ces cœurs vaillants, afin qu'ils ne défaillent pas au combat, et qu'ils soutiennent, par l'union et par l'amour, l'édifice social que d'autres ont ébranlé.

Je vous engage aussi, mon cher enfant, à prier pour votre mère. Elle vous aime plus qu'elle le fait paraître, et si quelquefois sa froideur apparente vous blesse et vous afflige, offrez à Dieu ce chagrin, et songez toujours, en toutes vos peines, que vous ne souffrez pas seul, que vous avez au ciel un Ami qui vous contemple.

Adieu, mon fils.

Votre père affectionné,
ÉVRARD, prêtre.

Mon bon père,

Je ne saurais vous dire, mon bon et bien-aimé père, le bien que me font vos lettres : elles prennent une voix pour parler à mon âme silencieuse ; elles m'encouragent au bien, elles m'échauffent, elles m'éclairent, et jusque dans mon travail, leur aimable souvenir me suit. Ce travail auquel, consultant mes goûts, vous m'avez permis de me livrer, me plaît beaucoup ; mais j'ose vous le promettre, mon bon père, que mon burin, devînt-il illustre, ne reproduira jamais que des sujets dignes de vous être offerts.... Je veux que lui aussi contribue à la gloire de Dieu ! Il a plu au Seigneur de me refuser une voix pour célébrer ses louanges : je ne pourrai ni annoncer du haut de la chaire sainte les vérités divines, ni défendre à la tribune la cause de la justice, ni faire tressaillir les cœurs chrétiens par une harmonie sainte ou des vers inspirés ; mais je pourrai, à l'aide d'un art modeste, reproduire, populariser les beaux tableaux, *ces livres des ignorants*, et mettre à la portée d'un plus grand nombre ces pages magnifiques, où les grands maîtres ont versé toute leur science et toute leur foi. Si je puis voir sortir de mes mains une copie pure et parfaite de la Vierge de saint Sixte [1], de la *Nativité* du Corrège, je serai content. Mon œuvre ira orner peut-être la chambre à coucher d'une jeune mère, qui, tous les soirs, assemblera ses petits enfants devant la sainte image et leur fera joindre les mains en l'honneur du petit Jésus.... Humble artiste, j'aurai présenté à leur ferveur un type plus parfait et plus pur de la beauté de Marie et de la douceur de Jésus. Voilà la gloire que j'ambitionnerai. ..

Vous souriez, mon bon père, en voyant que je parle de gloire, moi, pauvre déshérité. Mais, que dis-je ? il est une gloire, il est un

[1] Chef-d'œuvre de Raphaël, qui se trouve, ainsi que le tableau du Corrège, à la galerie de Dresde.

héritage, qui m'appartiennent, que je veux acquérir : c'est la gloire, c'est l'héritage des Bienheureux. Oh ! cette gloire-là, je ne dis pas que je la voudrais, je dis que je la veux, et que je battrai le mur en brèche jusqu'à ce que je l'emporte.

Adieu, bon père, priez pour votre fils, afin qu'il ne vous quitte pas dans l'éternité, et bénissez-le, afin d'attirer sur lui les bénédictions de Dieu.

PHILIPPE.

VI

La nourrice.

Deux ans venaient de s'écouler. M. Evrard lisait dans son jardin cette dernière lettre de Philippe; et louait en son cœur le Dieu qui avait béni son œuvre, en donnant à cet enfant des sentiments si purs de tendresse et de foi. « Mon Dieu ! dit le bon prêtre, gardez toujours cette âme pure de tout mal ! Que mon cher enfant meure sans vous offenser ! que sa solitude intérieure soit pleine de vous ! que son infirmité lui soit une barrière que le vice n'ose franchir ! » Il relut encore la lettre, et s’essuya les yeux, que remplissaient des larmes de joie et d’affection, quand sa vieille servante vint en toute hâte, et lui dit :

« Monsieur ! Monsieur ! la femme Gilbert se meurt ! elle a été renversée, foulée aux pieds par une de ses vaches ; et l’on dit qu’elle n’a plus que quelques heures à vivre !

» — Grand Dieu ! la mère de Philippe ! Pauvre enfant ! s’écria le curé, en courant vers l’église, où il prit les saintes huiles. » Il marcha rapidement et arriva bientôt à la métairie.

Quelques voisines étaient dans une salle basse et devisaient entre elles à demi-voix. Elles se levèrent à la vue du curé, et l’une d’elles le conduisit à la chambre de la fermière. Une domestique qui veillait auprès du lit de la malade, se retira, et le curé resta seul avec la mère de Philippe. Elle était couchée dans un grand lit, dont les rideaux de serge verte projetaient sur sa figure une ombre livide. La souffrance avait altéré ses traits naturellement durs, et les lèvres serrées, le regard fixe, elle paraissait en proie à une lutte violente. Les linges qui l'entouraient étaient tachés de sang, et quand sa poitrine oppressée se soulevait, un flot écumeux montait à ses lèvres. A ces signes, le curé reconnut, avec une grande pitié, les approches de la mort. Il lui adressa quelques mots d'encouragement et de douceur; la fermière souleva péniblement la tête, et dit :

« C'est vous, Monsieur !

» — Oui, ma chère dame, c'est moi qui viens vous offrir les consolations du saint ministère, et prier avec vous notre bon Maître afin qu'il allège vos douleurs.

» — Je souffre beaucoup, c'est vrai.... Mais c'est là, là, en dedans.... Je brûle... que sera-ce donc !... ah ! si je pouvais voir Raoul !

» — Raoul ?.. Philippe, vous voulez dire; je lui écrirai ce soir même.... Demain, il sera ici. »

La fermière ne répondit pas : elle portait autour d'elle des regards clairs et épouvantés; des ombres passaient sur son front, et le curé, quoique habitué à voir mourir, frémissait en contemplant la figure pâle qui se dressait au fond de ce lit.

« Madame Gilbert, lui dit-il enfin, les moments sont précieux, ne voudriez-vous pas purifier votre conscience par la confession, afin de pouvoir prier avec plus de confiance et d'être préparée à ce jugement qui nous attend tous?

» — Laissez-moi, dit-elle, je ne dirai rien !

» — Ma fille, je suis votre pasteur.... que craignez-vous ?

» — Rien ! dis-je, rien ! Qu'il soit heureux, riche, et je consens à être misérable ! Mais si je pouvais le voir, le voir !

» — Ma fille, une faute semble peser sur votre conscience; voulez-vous la porter au tribunal de Dieu ?

» — Et quand je l'avouerais ! s'écriat-elle, Dieu me pardonnerait-il ! Voyez (et elle compta sur ses doigts) : mensonge, fraude, injustice, avarice, haine.... Dieu pardonnerait-il à tout cela ? Il vaut mieux mourir et se taire !

» — Ma fille, ma chère fille, Dieu pardonne tout à l'aveu et au repentir ! parlez, je vous en conjure, au nom de vous-même ! »

Elle se tut et parut plus calme. M. Evrard continua :

« Vous n'ignorez pas votre position : dangereusement blessée, vous pouvez, avant demain, avant ce soir peut-être, avoir à répondre de vos actes devant Dieu. Songez, ma fille, à ce jugement redoutable ; songez à cette éternité où vous allez entrer, et versez dans le sein d'un père, d'un ami, le secret qui vous accable. »

Elle parut réfléchir, et après un long silence, elle dit d'une voix étouffée :

« Ce que j'ai à vous dire ne peut pas rester secret, Monsieur, et je me résous à parler, quoique ce soit publier ma honte. Monsieur le curé, au lit de la mort, devant Dieu qui m'entend et me va juger, je vous le dis : *Raoul est mon fils !*

» — Grand Dieu ! s'écria involontairement le curé, et Philippe, qu'est-il donc ?

» — Il est fils de M. Darblay. J'étais sa nourrice, vous le savez.... » Elle ne put achever : le curé lui fit prendre une cuillerée de cordial, posé sur une table, elle se remit et dit :

« Je veux achever : il faut que vous sachiez tout. O mon pauvre Raoul, tu maudiras ta mère ! J'étais nouvellement mariée et pauvre ; Madame Darblay venait de mettre au monde un fils qu'elle ne pouvait nourrir, à cause de sa faible santé ; elle me le confia, et repartit pour Amiens, car son mari était alors juge au tribunal. J'aimais beaucoup mon fils, et quand je vis mon nourrisson, si bien arrangé, si richement vêtu, cela me fit mal au cœur, et je me dis : « Jamais le mien n'en aura autant !.. » C'était une mauvaise pensée ; elle me suivait partout ; je regardais mon petit garçon, si beau, si gentil, et l'idée qu'il ne serait qu'un paysan, toujours dans la peine. et le travail, me tourmentait la tête. Sur ces entrefaites, mon mari mourut quand les enfants eurent six mois; je restai seule avec une grande misère en perspective!... Je la craignais surtout pour mon fils. Un jour, j'habillais les deux enfants devant un grand feu de bourrées; le petit Darblay, qui était très-vif, se roulait par terre, jouait avec les tisons; tant et si bien, qu'il tomba, la tête la première, dans le feu. Je le retirai vîte! mais il était cruellement brûlé. Je ne dis rien à personne, car je ne voulais pas qu'on m'accusât d'avoir manqué à mon devoir.... Je soignai l'enfant, je lui mis des compresses... Mais le troisième jour... J'entendis rouler une voiture.... Elle s'arrêta à ma porte... Le cœur me battait. . Je reconnus la voix de Mme Darblay... Elle entra dans la maison, elle courut vers mon petit garçon, à moi; elle le prit en s'écriant : « C'est le mien, n'est-ce pas, nourrice ? » Et elle l'embrassa..... comme je l'aurais embrassé, moi... Je ne répondis rien... Je la laissai dans son erreur... je n'osai pas lui présenter son fils, brûlé, défiguré... Et d'ailleurs... je vous l'ai dit : j'avais toujours envié pour mon enfant la richesse et le bien-être... Fallait-il les refuser, lorsque le sort les lui offrait ?... Mme Darblay ne s'aperçut pas de sa méprise : les deux enfants étaient blonds avec les yeux bruns... même âge, même taille... on pouvait s'y méprendre... Sa femme de chambre vint, et, soulevant la manche de la robe de mon fils, elle dit :

« La marque s'est effacée... J'avais bien dit à Madame que ce n'était qu'une tache... » L'enfant de Mme Darblay portait en effet une marque profonde au-dessus du coude... Vous devez l'avoir vue, Monsieur le curé ?

M. Evrard répondit par un signe affirmatif. La fermière reprit, en rassemblant ses forces :

« Mme Darblay emporta l'enfant, en me comblant de présents... J'avais tout ce que j'avais désiré... Mon fils allait être riche... Et pourtant, combien j'étais misérable, seule avec cet enfant étranger, séparée pour jamais de mon Philippe, de mon vrai Philippe ! Bientôt, je m'aperçus d'un nouveau malheur : soit que sa chute dans le feu lui eût été funeste, soit que le bon Dieu ait voulu me châtier, Philippe resta sourd et muet... Je me pris alors à le haïr, je ne pouvais pas le voir, et je n'avais un moment de joie que lorsque je voyais passer le petit Raoul, bien joli, bien mis, sautant comme un agneau à travers les prés. Cela me rafraîchissait le cœur... Le temps vint où vous prîtes l'enfant ; je restaï seule ici, sans consolations, sans tranquillité... Mes affaires allaient bien, et j'étais pourtant une misérable créature... Quelquefois, j'avais envie de tout dire, de reprendre mon fils... Et puis, je craignais de le voir me mépriser, comme il en aurait bien eu le droit... Les années ont passé comme cela... Je vois que Dieu a aussi son moment, il m'a trouvée à la fin... Si je pouvais être pardonnée et voir encore une fois Raoul !

« Et tout ce que vous venez de dire est vrai ?

» — Sur le crucifix, je vous le jure, c'est vrai ! Voyez, d'ailleurs le bras de Philippe.... Vous y trouverez la marque....

» — Je vais écrire votre déclaration, dit le curé.

» — Oui, oui, sans perdre un moment!... » et, d'une main mourante, elle signa la déclaration que M. Evrard venait de rédiger.

De retour au presbytère, le digne curé écrivit deux lettres à Philippe et à Raoul; mais sans leur dire le secret qui venait de lui être révélé, il les invitait seulement à venir recevoir les derniers soupirs de la fermière; et, quand ces lettres furent envoyées, il revint auprès d'elle, la trouva plus calme et la réconcilia avec Dieu.

M. et Mme Darblay ne purent être informés de ces nouvelles, car ils passaient la saison aux eaux de Barèges.

VII

Philippe.

Malgré les prévisions du médecin, Mme Gilbert vivait encore le lendemain à midi; elle était soutenue par sa forte constitution, et peut-être aussi par la paix qu'un aveu sincère avait fait rentrer dans son âme. De plus en plus affaiblie, elle écoutait quelques douces paroles que lui disait M. Evrard, lorsque des pas retentirent dans le petit sentier qui menait vers la maison. Une dernière flamme brilla dans l'œil de la mourante :

« Serait-ce Raoul ? » murmura-t-elle.

La porte s'ouvrit. Philippe, ému, pâle, vint tomber à genoux aux pieds du lit et couvrit de baisers les mains froides de la fermière.

« Monsieur, dit-elle d'une voix entrecoupée, dites-lui…. dites-lui…. Qu'il me pardonne, au moins ! »

M. Evrard releva Philippe, l'emmena vers la fenêtre et lui fit comprendre ce qui était arrivé ; il releva la manche de l'habit du jeune homme, lui montra une cicatrice d'une forme bizarre qui s'étendait au-dessus du coude, et termina enfin, en lui disant que la pauvre nourrice repentante sollicitait son pardon.

Philippe semblait atterré de surprise et d'une espèce d'effroi…. Il serrait entre ses mains la main de M. Evrard ; mais celui-ci lui montra le lit où la fermière, près d'expirer, attendait un mot de pardon, avant de paraître devant son Juge... A l'aspect de ce visage livide, de ces traits que, pendant tant d'années, il avait vénérés, Philippe s'élança, et avec un geste énergique, il dit : « Je pardonne, je pardonne tout, ô ma pauvre mère ! Mourez en paix. Votre fils ne sera pas dépossédé... Votre secret mourra avec moi... Raoul restera riche, considéré.... »

Le curé fit comprendre à Mme Gilbert ce que Philippe venait d'exprimer.

« Serait-ce possible ? dit la fermière d'une voix éteinte, cet ange du ciel ne profiterait pas de cette révélation ?

» — Songez à quoi vous vous engagez ! dit M. Evrard au muet.

» — Je le sais ! répondit-il avec force, mais j'aime mieux vivre pauvre que de dépouiller mon frère, que de laisser mourir ma pauvre nourrice dans cette angoisse. Je ne révèlerai rien, je le promets devant Dieu !

Mᵐᵉ Gilbert fit un effort pour bénir, en étendant une main tremblante sur la tête de Philippe. » Il s'inclina ; la main retomba sans force ; la fermière était morte.

Raoul arriva le lendemain ; il donna des larmes sincères à la nourrice, ne se doutant pas qu'il pleurait sa propre mère. Philippe le revit avec une joie profonde : il l'aimait d'autant plus qu'il lui sacrifiait davantage ; et son affection pour son ami s'était exaltée de toute la force du plus généreux dévouement. M. Evrard, qui connaissait bien son élève, n'avait pas cru devoir lui refuser l'occasion d'exercer une si haute vertu : il savait quel mépris des richesses, quelle profonde abnégation, quelle source intarissable d'affections nobles il y avait au fond de ce cœur ; mais ni l'un ni l'autre n'avaient prévu les épreuves, que pouvait offrir une situation aussi nouvelle.

Philippe passa plusieurs semaines à la campagne auprès de ses amis. Tant qu'il se trouva seul avec Raoul, il goûta pleinement les joies de son sacrifice : la fortune, le bonheur, l'élégance de son ami lui causaient une satisfaction toujours renaissante ; son cœur battait d'un légitime orgueil en songeant que, graces à lui, le compagnon de son enfance était heureux et avait devant lui la plus riante carrière. Mais lorsque M. et Mme Darblay furent revenus au château, lorsque Philippe fut témoin de la tendre affection dont ils entouraient leur fils, lorsqu'il vit ses parents arrêter sur lui des regards d'amour, lorsqu'il le vit assis entre eux, objet de toutes leurs pensées ; alors le pauvre muet sentit toute la grandeur de son sacrifice. « Cet amour t'appartient ! disait une voix au fond de son cœur ; à toi sont dûs ces soins, ces regards, ces bénédictions... Vois, comme Raoul est heureux... Ce bonheur, c'est le tien pourtant.... et tu l'as refusé ! »

Dans ces moments terribles, où l'on doute de soi-même, où la vertu devient amère, où le calice ne renferme que du fiel, Philippe courait se jeter aux pieds du tabernacle ; son âme criait vers Dieu ; il avait besoin d'un secours puissant, qu'il ne pouvait trouver que là. Après avoir prié, une paix secrète renaissait dans son cœur ; il goûtait, comme un fruit délicieux, la noble souffrance du sacrifice, et il avait même, en sortant de l'église, la force de sourire aux épanchements de Raoul et de ses parents. M. Evrard l'encourageait dans cette œuvre d'abnégation, que le jeune homme avait si courageusement embrassée, et là, du moins, le pauvre orphelin trouvait toujours la tendresse, les conseils et les bénédictions d'un père et d'un ami.

Ces épreuves se renouvelaient souvent. Un jour, par une douce après-dînée d'automne, les deux jeunes gens sortirent ensemble, voulant jouir d'un dernier beau jour, et parcourir encore une fois ces champs, que l'arrière-saison revêtait de sa robe diaprée. La terre était nue, et cachait sous sa brune enveloppe l'espoir de la moisson future; les prés n'avaient plus d'autres fleurs que quelques pâles colchiques, qui dérobaient sous l'herbe leurs calices veloutés; les pampres, les feuilles des arbres se coloraient de riches teintes de pourpre, comme le visage d'un mourant, chez qui la vie reflète une dernière flamme; la campagne était belle, mais d'une beauté mélancolique, qui faisait rêver et penser. Les

jeunes gens, les bras enlacés, montèrent
lentement une petite colline, couverte de
hêtres, au pied de laquelle on voyait s'é-
tendre le parc de M. Darblay. Ils s'assirent
sur le tronc d'un arbre renversé, et Raoul
parcourut des yeux ce paysage aux lignes
calmes, et en les arrêtant sur les toîts de
la maison paternelle, des larmes involon-
taires coulèrent sur ses joues. Philippe, qui
l'observait, s'émut, et lui prenant la main,
il lui dit d'un geste inquiet :

« Tu pleures ! qu'as-tu donc ?

» — Ce n'est rien, mon ami, répondit
Raoul, un instant de faiblesse.... je pleure
parce que je pars sous peu de jours, parce
que je dois quitter pour une année encore
cette chère maison, ma petite chambre si
bien arrangée par les soins de maman, parce
que de longtemps je ne verrai ni mon père,
ni ma mère.... Oh ! mon cher Philippe, ils

sont si bons pour moi, et je les aime tant,
que mes pleurs sont peut-être excusables...
tu ne me blâmes pas?.... »

Philippe fit un geste négatif, et lui aussi,
à la peinture de cet amour, de ce bonheur
domestique, de cette tendresse de *son* père,
de *sa* mère, lui aussi sentait sa poitrine se
gonfler et ses yeux se mouiller de pleurs.

Raoul continua :

« Je me plais au collège.... j'aime mes
maîtres et mes camarades.... l'étude m'at-
tache et me captive ; mais tout cela, vois-tu,
c'est effort de raison.... mon cœur n'est pas
là.... il est ici.... auprès de mes vrais amis,
de mon père, si bon, si instruit, si vénérable, et qui daigne m'élever à lui, et me
traiter presque en égal... auprès de ma mère,
si tendre, si sympathique à mon affection...
auprès de toi, mon bon, mon cher Philippe..... auprès de l'excellent M. Évrard....

» — Mais, répondit Philippe en contrai-
gnant son émotion, ces biens, tu ne les
perds pas, tu les quittes seulement pour
quelques mois.... Tu reviendras ici, cher
Raoul, et ta vie s'écoulera parmi ceux qui
te sont chers....

» — Oui, » dit Raoul en montrant le
parc, déroulé à leurs pieds comme un tapis de
verdure, et la maison qui se dessinait blan-
che, sur le fond sombre de la forêt de
Crécy, » oui, si Dieu le permet, je passerai
ma vie ici... j'y poserai la tente où je veux
habiter.... Je ne désire en ce monde que
ce que le ciel m'a donné : une modeste
aisance, la jouissance de la campagne, le
goût de l'étude, l'amour des bonnes œuvres,
et surtout, l'affection de la famille.... Je
veux savourer mon bonheur en paix, et ne
pas le risquer au contact des grandes affaires
d'ambition ou de fortune.... Je serai utile

à mon pays, en faisant cultiver la terre, travailler les ouvriers et instruire leurs enfants.... Cet avenir me suffit.... Cher Philippe, nous ne serons pas séparés, nous vieillirons sous ces beaux ombrages.... »

Et tandis que Raoul, perdu dans ces pensées, contemplait le château, nid de son bonheur, et qu'il repassait en son âme toutes les bénédictions dont Dieu avait environné sa vie, Philippe sentait son cœur inondé d'amertume. Il avait abdiqué ce titre de fils, qui rendait Raoul si fier et si heureux ; il avait refusé cette fortune, source de tant de bonnes œuvres ; il avait renoncé à cet avenir de félicités domestiques, dont l'espoir enivrait son jeune ami : tout avait été sacrifié ; il se voyait seul sur la terre....

Ces réflexions oppressaient son âme ; mais relevant la tête, il vit Raoul, toujours pensif, mais plongé dans une calme et sereine rêverie; le sourd-muet étouffa les murmures qui grondaient au fond de son âme, et il fut content, car son ami était heureux.

Le soir, il redit à M. Évrard la conversation qu'il avait eue avec Raoul, et en finissant son récit, il ajouta :

« Je le crains, mon père ; dans le cours de ma vie, témoin de la prospérité de mon ami, ces peines, ces doutes, ces regrets m'agiteront encore : qui me consolera dans ces tristes moments ?

» — Dieu et ta conscience, répondit M. Évrard. »

Peu de jours après, Raoul retourna au collège ; M. Évrard crut devoir retenir Philippe auprès de lui, et plusieurs mois se passèrent ainsi dans une grande tranquillité. Les lettres de Raoul seules faisaient la joie du château et du presbytère ; on les attendait avec impatience, on les lisait, on les

9

commentait à loisir. Cette correspondance remplaçait pour Philippe surtout les plaisirs de la société dont il était banni ; elle était le grand intérêt de sa vie, concentrée toute en quelques affections, qui l'unissaient par la reconnaissance à son bienfaiteur, par une amitié dévouée à son frère de lait, par un secret et filial amour à ses parents.

Aussi fut-il plongé dans une grande inquiétude lorsqu'au milieu de l'été, plus de quinze jours s'écoulèrent sans apporter de nouvelles de Raoul ; enfin, M. Darblay reçut un billet court et embarrassé du proviseur, qui annonçait que le jeune élève, s'étant imprudemment baigné, à la suite d'un exercice violent, se trouvait en proie à une forte fièvre et obligé de garder le lit.

Les parents émus, inquiets, volèrent au collège de **** ; Philippe aurait voulu les

accompagner, mais à quel titre? Il aurait
voulu soulager leur douleur, prendre sa
part de leur inquiétude, hélas! au prix
de sa vie; il aurait voulu donner son existence pour celle de son ami, ne demandant
pour consolation que la douceur d'être soi-
gné, dans sa maladie, par les mains mater-
nelles.

Au bout de quelques jours, M. Darblay
écrivit au curé, qu'ayant trouvé Raoul fort
malade et fort abattu, il allait le ramener
au château, et essayer, pour ce cher malade, l'air de la campagne et les bons
soins de la famille.

Philippe fut frappé d'effroi, en voyant
son ami, qu'on descendait lentement de
voiture, semblable à une ombre échappée
au tombeau. Où était ce jeune homme si
gai, si robuste, si plein d'avenir et de vie!
Trois semaines de maladie l'avaient flétri,

comme un arbre sur lequel un orage a passé ; et quand il tendit à son ami une main moite et amaigrie, Philippe fondit en larmes et crut que son cœur allait se briser.

Dès ce jour, il s'installa au chevet de Raoul et ne le quitta plus : vigilant, affectueux, empressé, il lui rendait des soins de frère, il semblait vouloir l'enchaîner à la terre par sa tendresse. Mais Dieu avait prononcé. Les médecins, appelés en consultation, déclarèrent qu'aucun remède ne pouvait sauver le jeune malade, dont la poitrine était mortellement attaquée ; et Raoul, qui semblait avoir pressenti la sentence, demanda le même jour les secours de la religion.

Ce fut un touchant et douloureux spectacle que de voir ce jeune homme, à la fleur de ses ans, prêt à quitter une vie

que tout lui rendait chère, et qui s'efforçait d'une voix mourante de consoler, de
fortifier un père, une mère accablés de
douleur. Il leur rappelait, de son lit de
mort, ces grandes vérités de la foi, que
leur bouche avait enseignées à son enfance
il leur donnait rendez-vous dans une pa
trie stable et meilleure; il les conjurai
de ne point pleurer *comme ceux qui n'ont
pas d'espérance*, mais de se réjouir au
contraire en pensant qu'ils avaient engendré
un fils pour l'éternité.

Parfois, il se tournait vers Philippe,
qui se tenait au chevet du lit, navré de
chagrin; le moribond essayait, d'une main
défaillante, d'exprimer les signes de l'amitié; mais sa force trahissait sa volonté;
il devait se borner à serrer la main de son
ami et à lui montrer tour à tour la Croix
et le Ciel, renfermant tous ses sentiments

et toutes ses espérances dans ce langage muet.

M. Evrard pleurait aussi amèrement la perte de ce jeune homme, qu'il avait vu enfant, et ce fut avec une voix entrecoupée de sanglots qu'il commença les prières de l'agonie, au moment où il vit les mains de Raoul errer convulsivement sur la couverture du lit et ses yeux vîtrés perdre leur regards et leur douce expression. On n'entendait dans la chambre que le souffle pénible du malade et la voix du curé qui répétait ces paroles admirables :

« Dès que votre âme quittera ce corps
» de boue, puisse la glorieuse assemblée
» des anges venir au-devant d'elle ! Que
» les apôtres qui la doivent juger accourent
» à sa rencontre; que l'armée triomphante
» des martyrs l'accueille avec bonté; que
» l'ordre des confesseurs ornés de lis,

» couronnés de gloire, s'empresse autour
» de vous : que le chœur des vierges vous
» reçoive avec des chants d'allégresse ; que
» le baiser des patriarches vous initie aux
» délices du repos ! Puisse Jésus-Christ
» vous apparaître avec un aspect souriant
» et doux, puisse-t-il vous destiner un
» trône au milieu des élus qui l'en-
» tourent ! .... »

M. Evrard s'interrompit à ces mots : il tâta le pouls de Raoul, il présenta une glace devant ses lèvres fermées... le pouls, horloge de la vie, était immobile.... la bouche n'avait plus de souffle..... Le curé abaissa les paupières du mort et dit aux parents : — Dieu vous l'avait donné, Dieu vous l'a ôté, que son saint Nom soit béni !

M. Darblay, chancelant, éperdu, entraîna sa femme hors de la chambre, et Philippe, convaincu seulement par leur départ de la mort de son ami, se jeta sur le cadavre, en poussant des cris inarticulés. M. Evrard le releva et lui montra le ciel... Et tous deux se mirent à genoux, implorant le Juge suprême pour cette âme qui venait de paraître devant lui.

Au bout d'une heure, M. Evrard descendit au salon : la pauvre mère était assise auprès d'une fenêtre, immobile, les yeux secs et perdue dans des pensées désolantes. Le mari, la tête appuyée dans ses mains, était non loin d'elle, tous deux vivantes images de la plus incurable douleur. Le curé alla vers Mme Darblay ; elle leva la tête en le voyant, et lui dit avec un accent déchirant :

« Ah ! Monsieur, quel jour !

» — Madame, vous avez perdu un enfant aimable et vertueux, qui, j'en ai la confiance, fait partie maintenant des habitants

du ciel; mais Dieu plein de miséricorde,
vous laisse un fils.

» — Je ne vous comprends pas....

» — Philippe...

» — Ah! sans doute, dit M. Darblay,
Philippe nous sera toujours cher parce qu'il
aimait Raoul, mais ce n'est pas, ce ne
sera jamais notre enfant!

» — Pourtant, Monsieur, répondit le
curé avec force, Philippe est votre fils,
votre unique fils! Il est temps de révéler
un secret trop longtemps caché par la
générosité de ce jeune homme : lisez cette
déclaration que fit la femme Gilbert à son
lit de mort. »

Il présenta aux époux le papier qu'il
était allé chercher au presbytère, et tous
deux le lurent avidement. Enfin, M. Darblay
s'écria :

« — Serait-ce possible !

» — Philippe serait notre vrai fils !

» — Monsieur, dit le curé, cette déclaration est le fruit du repentir amer de cette malheureuse femme : elle mérite toute créance. Elle est en règle ; car, vous le voyez, la nourrice l'a renouvelée trois heures avant sa mort, en présence de deux témoins, qui, à ma prière, ont gardé le plus strict silence. Philippe connaît sa naissance, mais il aimait trop Raoul pour vouloir le priver de sa position. Si vous doutiez, un signe naturel... »

Il n'avait pas achevé ; Madame Darblay ouvrit une porte vitrée qui donnait sur le jardin ; elle fit signe à Philippe qui se promenait dans une allée, seul et triste ; il accourut aussitôt, ému sans savoir pourquoi. Sa mère le regarda fixement ; il pâlit sous ce regard maternel, et des larmes d'amour coulèrent de ses yeux...

Elle releva la manche de son habit, vit la cicatrice, et presque évanouie de joie, de douleur, de surprise, elle tomba sur le sein de son fils. Pour la première fois, Philippe l'étreignit avec transport, il prit possession de ses droits d'enfant, il donna un libre cours à ses sentiments si long-temps refoulés, et lorsque sa mère eut repris ses sens, il se jeta à ses pieds et à ceux de son père, répétant avec des gestes énergiques :

« Aimez-moi, bénissez-moi, car je suis votre fils ! aimez-moi, mais n'oubliez pas Raoul !.... »

Philippe existe encore ; il est la joie de ses parents, l'orgueil de son bienfaiteur, l'appui des pauvres, l'édification de toute la contrée, lui, ce pauvre sourd-muet, dont l'éducation chrétienne a fait un homme : car le christianisme *fait bien toutes choses* :

il évangélise les pauvres, il fait entendre les sourds et parler les muets. Gloire à Dieu !

FIN.

Lille, Typ. de L. Lefort. 1850.

9 782014 027334